MW00908322

Para los jóvenes inventores del futuro:
¡Espero que estas aventuras despierten la curiosidad y les motiven
a transformar el mundo por la ciencia y las invenciones!
– Praba y Pumpus

Para mamá, Papá, Ramani y Abhirami:
Su apoyo e inspiración me han permitido compartir mi pasión
por inventar con los demás y por dar vida a Pumpus. ¡Gracias!
– P.S.

Para Carter,
Para posibilidades infinitas.
– J.S.

"La ciencia gana cuando sus alas se desinhiben con la imaginación."
– Michael Faraday
Científico inglés e inventor de la dínamo

Copyright © 2016 by Praba Soundararajan

All rights reserved. No part of this publication may be reproduced, distributed, or transmitted in any form or by any means, including photocopying, recording, or other electronic or mechanical methods, without the prior written permission of the publisher, except in the case of brief quotations embodied in critical reviews and certain other noncommercial uses permitted by copyright law. For permission requests, write to the publisher below at BOON-dah LLC:

praba@boon-dah.com

www.boon-dah.com

Ordering Information:

Quantity sales. Special discounts are available on quantity purchases by corporations, associations, and others. For details, contact the publisher at the e-mail above.

Publisher's Cataloging-in-Publication Data
provided by Five Rainbows Cataloging Services

Names: Praba. | Spellman, Jack, illustrator.
Title: ¡Pumpus tiene una idea fluida! : Spanish edition of Pumpus has a flowing idea! / Praba ; [illustrated by] Jack Spellman.
Other titles: Pumpus has a flowing idea. Spanish.
Description: Tampa, FL : BOON-dah, 2017. | Summary: Pumpus and his friends plan on spending the night in their treehouse, but when they realize they forgot the batteries for the flashlight, Pumpus uses his book of great inventions to solve their problem. | STEM students, grades K-9. | In Spanish.
Identifiers: LCCN 2017902802 | ISBN 978-0-9974809-6-2 (hardcover) | ISBN 978-0-9974809-7-9 (pbk.) | ISBN 978-0-9974809-8-6 (Kindle ebook)
Subjects: LCSH: Electric generators--Juvenile fiction. | CYAC: Pumpkin--Fiction. | Friendship--Fiction. | Inventions--Fiction. | Science projects--Fiction. | Spanish language materials. | BISAC: JUVENILE FICTION / Science & Technology. | JUVENILE FICTION / Social Themes / Friendship.
Classification: LCC PZ73 .P73 2017 (print) | LCC PZ73 (ebook) | DDC [Fic]--dc23.

Manuscript edited by Kim Clement

¡Pumpus tiene una idea fluida!

Escrito por Praba
Ilustrado por Jack Spellman
Traducido por Daniel Salinero

Where imagination meets science

BOON-dah LLC, Tampa, FL

A Pumpus le encantaba leer acerca de grandes ideas e invenciones. Sus inventores favoritos eran Thomas Edison, Albert Einstein y Nikola Tesla.

Pumpus tenía dos mejores amigos, Filbin y Filberta, a quienes les gustaba pasar el tiempo con él, sobre todo cuando iba en aventuras al aire libre.

Era un hermoso día soleado. Pumpus y sus amigos organizaban una fiesta de pijamas en la casita de árbol que construyeron el verano pasado.

Empezaron su caminata bien temprano en la mañana y llegaron a la casita de árbol a la hora del almuerzo.

Los tres amigos estaban emocionados por empezar las actividades divertidas que habían planeado.

Pero mientras Pumpus sacaba las cosas que necesitaban de su mochila, de repente se dio cuenta que se había olvidado algo...

CLICK
CLICK

...las pilas para las linternas.

—¡Caracoles! —dijeron Filbin y Filberta, y se preguntaron si la diversión que habían planeado para esa tarde resultaría imposible en la oscuridad.

Afortunadamente, Pumpus había traído su libro de invenciones donde guardaba las mejores ideas de sus inventores favoritos.

—**Boon-dah!** —gritó Pumpus—. Tengo una idea.

—Hagamos nuestra propia energía para generar electricidad —dijo Pumpus.

—¿Cómo es posible eso en el bosque? —dijo Filbin, perplejo.

—Aquí dice que se puede generar electricidad de un arroyo que fluye usando una dínamo, —explicó Pumpus—. Una dínamo es una máquina pequeña que comienza a generar electricidad en el momento que gira su rueda.

Pumpus les enseñó a sus amigos la pequeña dínamo que tenía en su caja de herramientas. ¡Filbin y Filberta se emocionaron!

—Al colocar la rueda hidráulica sobre un soporte en el arroyo, el agua que fluye contra las palas hace girar la rueda hidráulica.

—Así la rotación de la rueda hidráulica provoca la dínamo para generar electricidad —explicó Pumpus—. Y de esta manera se puede generar electricidad mediante agua que fluye.

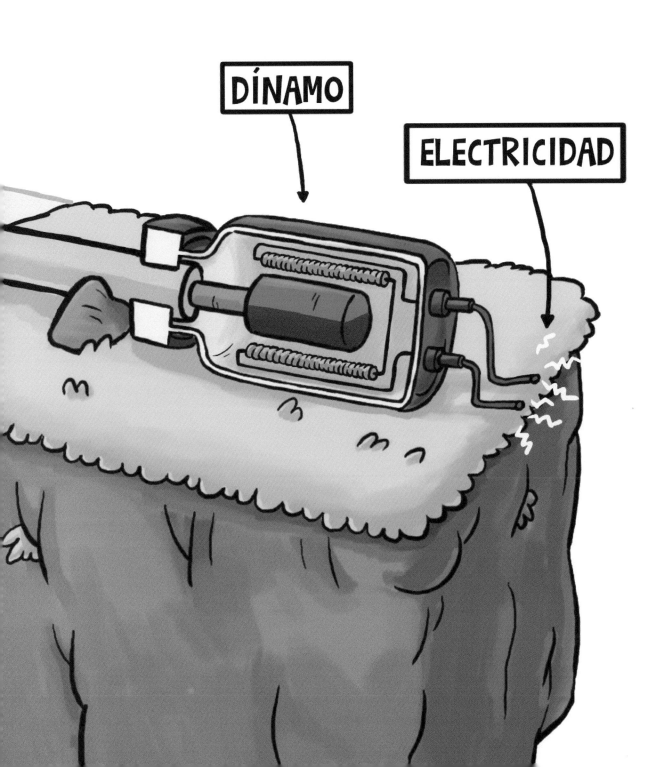

Pumpus bajó rápidamente al cobertizo que construyeron debajo de la casita de árbol. Recogió las piezas que necesitaría, incluyendo la rueda hidráulica que hizo el verano pasado.

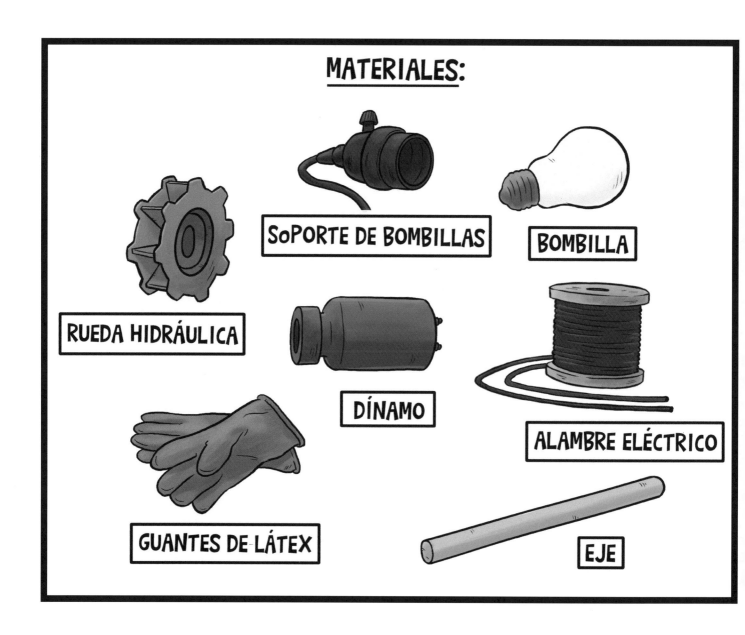

MATERIALES:

SoPORTE DE BOMBILLAS

BOMBILLA

RUEDA HIDRÁULICA

DÍNAMO

ALAMBRE ELÉCTRICO

GUANTES DE LÁTEX

EJE

Pumpus se puso los guantes de látex teniendo cuidado de seguir todas las reglas de seguridad. Los guantes de látex le protegerían contra el choque eléctrico.

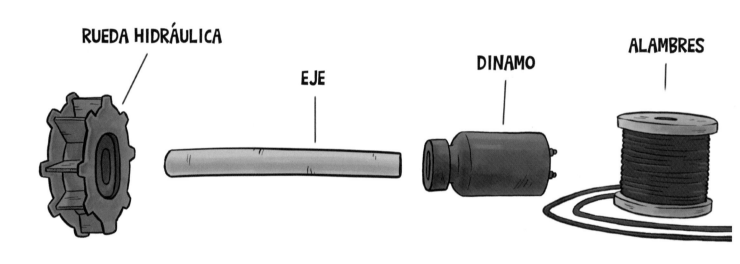

Pumpus insertó una barra, que él llamó *eje*, por el centro de la rueda hidráulica. Después conectó la dínamo al eje.

Pumpus conectó los extremos de dos alambres a la dínamo. Luego, tomó los extremos opuestos juntos con el soporte de bombillas a la casita del árbol. De repente se dio cuenta...

... que no tenía una bombilla para poner en el soporte.

—¡Caracoles! —dijeron Filberta y Filbin, preocupados de que no tendrán luz para poder ver en la oscuridad.

Pero luego, algo pasó.

Pumpus tenía otra idea y sacó rápidamente la bombilla de su linterna.

Entonces colocó la bombilla de la linterna en el soporte de bombillas y...¡Boon-dah!

¡Pumpus generó electricidad!

—¡Hurrá! —dijeron Filbin y Filberta asombrados, y le abrazaron a Pumpus fuertemente.

Esa noche, los tres amiguitos colocaron sus bolsas de dormir y almohadas, comieron galletas caseras, y lo mejor de todo...

compartieron cuentos de sus aventuras bajo la luz brillante de la bombilla de la linterna.

¡Y fue la mejor fiesta de pijamas que habían vivido!

GACETA DE PUMPUS

Vol. 2   Pumpus, Editor Jefe   www.boon-dah.com

PARA PADRES Y MAESTROS

Tema del día – LA DÍNAMO

¿Qué es una dínamo?

Una dínamo es una máquina que genera electricidad. El principio de funcionamiento de la dínamo fue descubierto por Michael Faraday en 1831 y es conocido como la ley de Faraday. Sin embargo, la primera dínamo fue fabricada en 1832 por Hippolyte Pixii, un fabricante francés de herramientas. Las dínamos convierten energía mecánica en energía eléctrica, y por eso se conocen también como generadores. Un motor hace lo contrario y convierte energía eléctrica en energía mecánica. Pero algunos motores también pueden ser empleados como dínamos para generar electricidad.

¿Cómo genera electricidad una dínamo?

Cuando miras dentro de una dínamo, hay un imán en el centro que está conectado con un eje. A lo largo de la pared interior de la dínamo, hay rollos de alambre que rodean el imán. Cuando el eje está conectado a una rueda hidráulica giratoria, el eje gira con la rueda hidráulica, lo cual gira el imán que está dentro de la dínamo. El imán giratorio está posicionado para que cada vez que sus polos positivos y negativos pasan por los rollos, se genera un pulso de corriente electrónica en los rollos de alambre, y esa corriente se puede usar para encender una bombilla.

Para aprender más sobre la electricidad, investiga estos recursos:

Libro – "Michael Faraday: Father of Electronics" (1978, Herald Press)
Libro – "Faraday, Maxwell, and the Electromagnetic Field: How Two Men Revolutionized Physics" (2014, Prometheus Books)
Sitio web – http://www.edisontechcenter.org/generators.html

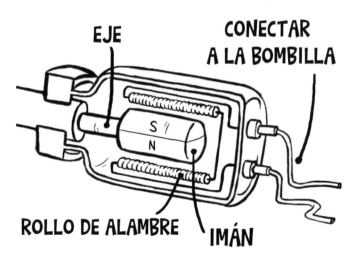

EJE   CONECTAR A LA BOMBILLA

S
N

ROLLO DE ALAMBRE   IMÁN

Tema de seguridad del día - ELECTRICIDAD

La electricidad es muy peligrosa y con facilidad puede causar quemaduras, fuego y choque eléctrico. Aun una pequeña cantidad de electricidad, como la cantidad que la dínamo en este cuento puede generar, puede ser peligrosa. Por esta razón, siempre debes pedirle a un adulto para que te ayude cuando vas hacer cualquier cosa con la electricidad, aun si solo vas a enchufar un juego en un enchufe para cargarlo.

Para andar con cuidado con la electricidad, recuerda las siguientes reglas de seguridad para usar la electricidad en la manera adecuada:

- Nunca pongas un dedo, juguete, ni cualquier otro objeto en un enchufe porque te puede causar daño.
- Siempre le debes pedir ayuda a un adulto si tienes que enchufar algo que necesita electricidad.
- Pide que un adulto ponga tapas de seguridad en todos los enchufes eléctricos que no se están utilizando.
- Mantén todos los aparatos que necesitan electricidad lejos del agua para evitar los choques eléctricos, por ejemplo, aparatos como los secadores de cabello, tenazas para el cabello y cargadores para tabletas y teléfonos.
- Asegúrate de que los cables eléctricos estén bien guardados para que nadie se tropiece con ellos ni se caigan, y para que las mascotas no los alcancen y los muerdan. Estos cables eléctricos pueden ser de lámparas, computadoras, o incluso un juguete que se está cargando.
- Nunca debes jalar un cable eléctrico de la pared porque la electricidad puede saltar del cable y darte un desagradable choque eléctrico. Siempre debes pedirle a un adulto que te ayude.
- Cuando los adultos en tu casa usan una escalera, recuérdales que deben tener cuidado con las líneas de tendido eléctrico y cerciorarse de no tocarlas.
- Siempre debes estar atento a las líneas de tendido eléctrico antes de subir un árbol. Nunca debes subir un árbol si una línea de tendido eléctrico pasa por sus ramas o si está cerca del árbol.
- Siempre debes volar una cometa lejos de las líneas de tendido eléctrico.
- Si alguna vez ves una línea de tendido eléctrico derribada, nunca debes tocarla ni acercarte a ella. Ve a buscar a un adulto para contarle lo que has visto.
- Por último, si alguna vez usas un interruptor y produce un sonido inesperado o si tiene un olor raro, avísale a un adulto inmediatamente.

Para aprender más sobre la seguridad eléctrica, investiga estos sitios web
- http://www.esfi.org/kids-safety
- http://www.http://www.tvakids.com/electricity/powersafety.htm

Proyecto Científico: Cómo construir un motor eléctrico sencillo

*** AVISO: Siempre debes pedir a un adulto que te ayude cuando trabajes en un proyecto científico ***

Materiales Requeridos:

- 1 Pila de celda D
- 2 Alfileres de seguridad grandes
- Alambre de cobre aislado
- Pequeño imán redondo
- Cuchillo de pasatiempos o tijeras
- Plastilina
- Banda elástica o cinta aislante

Instrucciones:

1. Usa la pila de celda D como una forma alrededor de la cual se envolverá el alambre de cobre alrededor de 5 a 10 vueltas, para formar un rollo circular. Deja salir del rollo los extremos del alambre aproximadamente de 2 a 3 pulgadas en ambos lados como se ve en la figura 1.

2. Usando unas tijeras o un cuchillo de pasatiempos, raspa el aislante o la capa de esmalte de

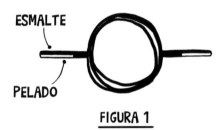

ESMALTE

PELADO

FIGURA 1

la mitad más baja de los extremos de los dos alambres que salen del rollo, para que se exponga el alambre de cobre (véase figura 1).

3. Coloca la plastilina en ambos lados de la pila para que no se mueva.

4. Coloca los alfileres de seguridad en posición vertical al lado de los terminales de la pila. Usando una banda elástica o cinta aislante, sujeta los alfileres de seguridad a la pila para que la cabeza de cada alfiler toque uno de los respectivos terminales de la pila (figura 2).

5. Pasa los extremos del rollo de alambre a través de los alfileres de seguridad para que los

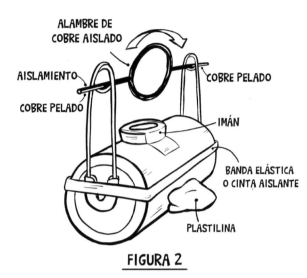

ALAMBRE DE COBRE AISLADO

AISLAMIENTO

COBRE PELADO

COBRE PELADO

IMÁN

BANDA ELÁSTICA O CINTA AISLANTE

PLASTILINA

FIGURA 2

dos alfileres de seguridad soporten el rollo.

6. Coloca el imán encima de la pila, justo debajo del rollo de alambre, y sujétalo con la cinta.

7. Ahora, gira el rollo un poquito. Con suerte, el rollo comenzará a girar por su propia cuenta. Pero si no gira por su propia cuenta, intenta otra vez después de poner el imán boca abajo. Debería funcionar con un poco de práctica.

Dato Curioso:

¿Por qué hay que hacer un bucle circular? El rollo debe tener una forma de un bucle circular porque un corriente eléctrico produce un campo magnético. La fuerza del campo magnético puede aumentarse al incrementar la corriente o al hacer bucles múltiples. Dado que solo queremos un motor sencillo, hacer más bucles sería la mejor solución. No importa la cantidad de bucles, pero de cinco hasta diez sería suficiente.

Traducido por Daniel Salinero
http://www.TheWriteTranslator.com